幽默笑话

天天乐

幽默总动员

YOUMOZONGDONGYUAN

笑一笑，十年少，笑话大集结！

新鲜出炉，新潮搞笑！
让你的大笑时常保鲜！

Youmo Xiaohua Tiantian Le

幽默笑话天天乐

幽默总动员

李丽琼／编绘

线装书局

图书在版编目(CIP)数据

幽默总动员 / 李丽琼编绘. — 北京 : 线装书局, 2015. 10（2024. 9 重印）

（幽默笑话天天乐）

ISBN 978-7-5120-1986-7

Ⅰ. ①幽… Ⅱ. ①李… Ⅲ. ①笑话－作品集－世界 Ⅳ. ①I17

中国版本图书馆CIP数据核字(2015)第249484号

幽默总动员

编　　绘：李丽琼

责任编辑：姚　欣

装帧设计：宋双成

出版发行：线装書局

地　　址：北京市丰台区方庄日月天地大厦B座17层(100078)

电　　话：010-58077126(发行部) 010-58076938(总编室)

网　　址：www.zgxzsj.com

经　　销：新华书店

印　　刷：天津泰宇印务有限公司

开　　本：710mm × 1000mm　1/16

印　　张：8

字　　数：51千字

版　　次：2024年9月第1版第3次印刷

印　　数：20001-30000册

线装书局官方微信

定　　价：32.80元

qian yan

前言

生活中不能没有幽默，幽默是人生的智慧之花，聪明人不一定善于幽默，但幽默的人一定聪明。我们不要抱怨自己没有幽默感，其实，只要留意一下，我们都在有意无意地创造幽默佳境。有了幽默，在人生困惑纷至而来时，它会帮你变被动为主动，以轻松的微笑代替沉重的叹息；当你在严重的沮丧中不能自拔时，它会给你的心灵插上翅膀，让精神得以超越。

笑话是一门引人发笑的艺术。它短小精悍、言简意赅、精练含蓄、发人深省且具有强烈的艺术感染力。

经常运用幽默是

一种个性的表现，能反映出个人的开朗、自信和智慧。在生活中，一个幽默的人、善于讲笑话的人，会显得更博学、更睿智、更深刻、更亲切、更有影响力。

本书精选了笑点多的有趣笑话，讲述了各种各样的可笑之事，描摹了形形色色的可笑之人，集可读性、趣味性、幽默性于一体，使广大读者在笑声中度过美好的时光！

书中收集了中国笑话、国外笑话，保留了国外笑话中原来的风格、特点，让读者享受笑话里中外文化的魅力。

真不明白

年轻的律师第一次打官司就赢了，他回到家，对老律师父亲说道："爸爸，您还记得那宗约翰和彼得的没完没了的官司吗？我只用了一个月便把它顺利地解决了，您瞧，连律师费都拿到手了。真不明白您怎么会拖那么久也没有办完。"

老律师："孩子，你知道我是怎么供你读完法学院的吗？"

不及格

倒桩考试，考评员从屋里冲出来挥动拳头吼道：“不及格！撞倒七个，你怎么学的。”

“我承认我驾驶技术差，可你也不要太夸张！一共六个竿，哪来的七个？”

“没看教练也在那儿躺着吗！”

被抢劫

甲刚在加油站被抢劫了，那边的状况真的很糟糕，于是甲打电话报警，警察问甲知不知道抢劫的是谁。

甲回答：“是5号加油机！”

方便面

三个人去杂货店买东西。

老板问甲买什么，甲说要一包方便面。老板就搬梯子爬到货架的顶上取下一包方便面。

老板又问乙买什么，乙说也要一包方便面。老板心中不快，但还是搬梯子爬到顶上去，同时问丙："你也要一包方便面吗？"

丙说："不是。"

老板下来后把方便面给了乙，收了梯子，问丙："那你要什么？"

丙说："两包方便面。"

好男人

有一位先生在十字路口等绿灯。这时，过来一个乞丐敲敲车窗说："给我点钱吧。"

先生看了下，说："给你抽支烟。"

乞丐说："我不抽烟，给我点钱。"

先生说："我车上有啤酒，给你喝瓶酒吧。"

乞丐说："我不喝酒，给我点钱。"

先生说："那这样，我带你到麻将馆，我出钱，你来赌，赢了是你的。"

乞丐说："我不赌钱，给我点钱。"

先生说："那你上车吧，我带你回去让我老婆看看，一个不抽烟、不喝酒、不赌钱的能混成啥样。"

婴儿般睡眠

甲昨天问资深IT同事："最近听说服务器总坏，遭到同事集体投诉你、老板连番数落你，睡眠怎样？"

同事说："像婴儿般睡眠。"

甲说："不愧是高手！这都能睡得着！"

同事沉默半晌道："半夜经常醒来哭一会儿再睡。"

我是冰棒

一个香肠被关在冰箱里，感觉很冷，然后看了看身边的另一根，有了点安慰，说："冻成这样了，全身都是冰！"

结果那根说："对不起，我是冰棒。"

态度严厉

一位法律系学生到法院实习，审判一件杀人案，他指着凶器问被告："你见过这把刀吗？"

实习生反复向被告交代了政策，可被告仍然矢口否认。退庭后，实习生回忆这次庭审，觉得自己态度不够严厉，缺乏威慑力量。

于是，第二天开庭时，他紧皱双眉，圆睁双目，拍着桌子厉声问道："说！见过这把刀吗？"

"见过。"被告低声回答。

实习生认为自己的威慑力发挥了作用，他又拍了下桌子，问道："说！什么时间？什么地点？"

"昨天，这里。"被告哆哆嗦嗦地答道。

有　癮

三位素不相识的人在一个房檐下避雨。

甲："真烦死人，有支烟就好了。"

乙："我有烟。"

丙："我有火。"

甲："我……有瘾。"

我会编程

街边，一对情侣在吵架。

女孩对男孩说："我们分手吧！"

男孩沉默半天，开口问道："我能再说最后一句话吗？"

"说吧，婆婆妈妈的。"

"我会编程……"

"会编程有什么用啊，现在到处都是会编程的人！"

男孩涨红了脸，接着说道："我会编程……童话里，你爱的那个天使……"

买不买

甲正睡得好好的，突然就被一推销员给吵醒了！
"先生——"
"听着，"甲打断他，"我没兴趣，我正在睡觉呢！"
"所以这张床你到底买不买，先生？"

时代感

小学生写作文：周日，我去公园玩，在公园门口花5分钱买了一根绿豆冰棍……

老师看后批评他，说："这是从老的作文书上抄的吧？写作文最起码要有时代感，现在哪儿还有5分钱的绿豆冰棍啊！"

小学生点点头，不一会儿就把改好的作文又交给老师。

上面写着：周日，我去公园玩，在公园门口买了一瓶矿泉水，一看生产日期是2023年11月26日……

客户端

一个IT经理走进一家拉面馆说："你们需要客户端吗？"

老板说："面一般是伙计端，忙的时候才需要客户端。"

滚蛋

一年轻人总觉得工作不顺心，慈祥的老董事长微笑着听完他的抱怨，拿起一个生鸡蛋，鸡蛋滚到地上碎了。

老董事长又拿起一个如法炮制。

当拿起第五个鸡蛋的时候，年轻人恍然大悟地说："我明白了，您是说只有熟鸡蛋才能立起来。"

老董事长和蔼地吐了一口烟圈："我的意思是不愿意干就滚蛋。"

好歹吱一声

老师在课堂上对小明提问，小明却一声不吭。

老师：“小明！”

老师：“小明！”

老师：“小明！你怎么回事？你到底知不知道答案？好歹吱一声啊！”

小明：“吱。”

摊煎饼

丈夫下班回家，见妻子正在将鸡蛋、蜂蜜、果汁和面粉搅拌成糊状。接着，妻子用自制的全天然营养面膜敷脸。

丈夫长叹：“我还以为今天晚上摊煎饼吃呢。没想到全摊在你脸上了。”

居然会说话

一个猎人带着猎狗去打猎，在林子里遛了一天都没有猎物。

天黑了，不甘心的他还是不停地骑马在林子里转。

马忽然说："你都不让我休息，想累死我啊！"

猎人听到吓了一跳，立刻从马背上滚下来，拉着猎狗就逃跑，跑到一棵大树下喘气，拍拍胸口对猎狗说："吓死我了，马居然会说话！"

事业与工作

教授到软件公司调研，问工程师："事业与工作的区别是什么？"

工程师不假思索地答道："其实是很简单。今天敲了一天代码，明天还得敲，这就是工作。今天敲了一天代码，明天还想敲，这就是事业。"

长在你的脸上

丈夫和他的妻子在海滨散步，迎面走来一位漂亮的姑娘，丈夫轻声说："多么美的鼻子啊，如果长在你的脸上就好了。"妻子听了，反感地皱了皱眉。

不一会儿，又走来个漂亮的妇女，丈夫又悄悄地说："这张小嘴多美啊，如果长在你的脸上就好了！"妻子又噘了噘嘴。

这时，过来个瞎子。妻子连忙说：“这双眼睛多好啊，如果长在你的脸上就好了。”

撕票

五元钱被犯罪团伙绑架了，打电话给百元钞：“喂！你儿子在这里，不想我们撕票就自己来换他！”

百元钞想了一下说：“撕吧，撕了你们连五块钱都没有了！”

标点

妻子跟丈夫冷战，丈夫为她订购了一些鲜花，并叮嘱卖花人在卡片上写：“我很后悔，我爱你！”

但鲜花送到妻子手上时，她更加生气了。她看见卡片上写着：“我很后悔我爱你！”

没有署名

甲：昨天我收到一个家伙寄来的信，信上说如果我不离开他老婆他就要杀了我。

乙：你离开他老婆不就得了嘛。

甲：可那个家伙没有在信中署名。

还想看多远

“我看不清太远的东西。”病人对眼科医生说。

“请跟我来。”医生把病人带到外面，用手指着天上的太阳，问道：“你看那是什么？”

“太阳。”病人回答。

“那你还想看多远？”

以为是振动

“谁的手机在响？”

“那是我在唱歌，哈哈哈！”

“哦，我以为是振动呢！”

现实点

哥们儿在单位很受老板器重。

一天，老板问他：“你有什么梦想啊？”

哥们儿想了下答道：“我想自己开家公司……”

老板不屑道：“这个太遥远，说个现实点的。”

哥们儿又想了想，然后小心翼翼地说：“我想……我想加薪……”

老板听了哈哈大笑道：“这个更遥远！要说个现实点的！”

文学的力量

小张跟一个姑娘表白。

他们走在路上，小张想起一句诗，他掏出一支笔，可找了半天没找到纸。于是他打开钱包，从一百元人民币中抽出来一张，把诗写在上面交给了姑娘。表白成功了。

小张说："这就是文学的力量。"

当指挥

儿子对父亲说："爸爸，我们学校成立了一个乐队，我想去参加，不过乐器要自己买。"

父亲递过一根筷子，说："你去当指挥吧。"

更难对付

每当遇到困难，我都会掏出钱包看看女友的照片，然后对自己说："有什么好怕的？不要灰心，难道还有什么比她更难对付的吗？"

幸亏

老郭这天闯红灯被警察拦下，他不紧不慢地把车缓缓停在路边。这时他发现车门旁的警察表情异常痛苦，老郭刚要开门下车跟他套近乎，警察在门外哭着说："你先把车挪一挪，车胎压着我的鞋呢，幸亏今天我穿的鞋大……"

继续讲

“同学们，这道题为什么不选A？对，因为A不对。为什么不选B？对，因为B也不对。那为什么不选C？对，因为C更不对！所以这道题应该选……”

“D！”同学们齐声答道。

“好，既然大家都知道了答案，那我们继续讲下一道题……”

安全带

空姐用和谐悦耳的声音对旅客命令道：“把烟灭掉，把安全带系好。”所有的乘客都按照空姐的吩咐做了。

过了5分钟后，空姐用比前次还优美的声音命令道：“再把安全带系紧一点吧，很不幸，我们飞机上忘了带食品。”

把飞机票喝回来

空姐端来饮料："太太，您好！请问要喝点什么吗？"

女乘客说："不喝，不喝。"

空姐告诉她："免费的哦……"

女乘客说："啊？免费的啊！我要一杯橙汁，一杯可乐，一杯咖啡。"说完，这名女乘客想想，又从包里拿出一个瓶子说："再给我灌点豆浆在里面！我要把飞机票喝回来。"

高度位置

导航员："请报告你的高度、位置。"

飞行员："我大约1.8米高，现在正坐在驾驶员的座位上。"

放 心

一小区十户人家九户都装了防盗门，只有一户没装。

一天，九户人家一起被窃，唯有没装防盗门的这户一夜无事。

小偷在这家门上写道："你放心我，我也放心你！"

不见不散

男：“我能和你见面吗？”

女：“不行！我是好女孩，不和网友见面，这是我的原则，不能改！”

男：“真的不行？我真的很想见你啊，求你了。”

女：“既然拿我当朋友就要尊重我。”

男：“那视频一下总该可以了吧？”

女：“好吧，可我电脑没摄像头啊。”

男：“我借你一个，中午我在校门口等你，你过来取吧！”

女：“呵呵，太麻烦你了，真不好意思，那几点呢？”

男：“12点，不见不散！”

女：“好，那谢谢你了，你人真好！”

没关系

周末，丈夫从托儿所把孩子领回家。

妻子说："亲爱的，这不是我们的孩子。"

丈夫仔细一看，说："这的确不是，不过没关系，反正星期一我们还得送回去。"

很抱歉

"各位女士，各位先生，这是机长广播。欢迎各位搭乘本公司的航班，我们公司员工里，有很多是民航业界里最称职、最尽心而且最漂亮的。但是很抱歉，今天都不在本航班上。"

您喜欢哪种

空姐："请问牛和鱼您喜欢哪种？"

旅客："好的，我要牛和。"

空姐："是牛和鱼。"

旅客："哦，那我要和鱼。"

哪个大

爸爸问儿子："六和三哪个大？"

儿子自信满满地说："三比六大。"

爸爸问："为什么？"

儿子伸出手比画了六和三说道："六是两根手指，三是三根手指……"

大同小异

甲："你的眼镜多少度？"

乙："整整600瓦。"

甲："不对吧？"瓦"与"度"，一个指灯泡，一个指眼镜。"

乙："哎，大同小异，不都是玻璃嘛！"

动物们的发言

老鼠："成天为了吃喝担惊受怕的能不老吗？"

猪："都说吃啥补啥，我如果不聪明，人们吃我干啥？"

猴子："想红起来吗？做我的屁股啊！"

千万富翁

朋友间在传老张炒股成了千万富翁。

另一朋友问："佩服佩服，你是如何做到的？"

老张答："其实没什么……我原来是亿万富翁。"

宝宝写信

暑假里，5岁的宝宝想给他幼儿园的小朋友贝贝写一封信，就去向爸爸要笔和纸。

“乖宝宝，你还不认识字，怎么会给别人写信呢？”爸爸奇怪地问。

“那怕什么，反正贝贝也不认识字呀！”宝宝理直气壮地说。

你在听什么

一天，袋鼠在乡村小路上转悠，突然看到小白兔在路中央，耳朵及身体几乎趴在地上在听什么。

于是，袋鼠很好奇地问：“小白兔，请问一下，你在听什么？”

“半小时前这里有一辆大货车经过。”

“这么神！你是怎么知道的？”

“我的脖子和腿就是这么断的。”

修电灯

妻子喊丈夫去修电灯，丈夫说："我又不是电工。"

说完丈夫出去了。

等丈夫回来电灯已经修好了，问是谁修的，妻子说："刚才一个帅哥路过，让我做面包吃或亲他一下，他就给我修。"

丈夫问："你做了什么面包？"

妻子说："我又不是面包师。"

那又怎么样

售货员对一个正在抽烟的顾客说："先生，我们这里禁止抽烟。"

顾客回答："这可是在你们这里买的香烟。"

售货员说："那又怎么样，我们还卖手纸呢！"

百分之五十

钢琴家："投篮命中率才百分之五十，如果弹钢琴也这样，恐怕没人听了。"

篮球教练："如果弹钢琴时有几个大汉拽着你，能弹出百分之五十的水平就不错了。"

征婚

一个国王要替公主征婚，把一个苹果放在公主头上，谁要把它射中就有机会迎娶公主。

第一个男士把苹果射中，他说："I'm 罗宾。"

第二个男士也把苹果射中，他说："I'm 后羿。"

第三个男士不小心把公主射死了，他说："I'm sorry……"

重友轻色

甲："如果在男友和闺蜜之间选一个，你会选哪一个呢？"

乙："我选闺蜜。"

甲："哇哦！现在像你这样重友轻色的人可不多了哦，你为什么会选择闺蜜呢？"

乙："我没男友。"

第二个问题

老师说："我有两个题目，你能答出第一题就不需再答第二题。"学生同意了。

"你有多少根头发？"老师问。

"一亿两千万根。"学生答。

"你怎么知道？"老师问。

"第二题不需回答。"学生说。

还说没偷

龙虾去超市购物，临出门被保安拦住怀疑他偷了东西。龙虾火了，把衣服一脱：“你搜，搜不出来跟你没完！”

保安眼前一亮：“还说没偷，你这虾仁怎么回事？”

小　气

蝴蝶对蜜蜂说：“你真够小气的，装一肚子甜言蜜语却一句也不舍得给我。”

蜜蜂说：“哼，还说我呢，你头上顶着那么长两根天线咋不给我发短信呀！”

不想吃鱼啦

蚯蚓父子出门散步，走到河边饿了。

蚯蚓爸爸把半截身子伸进河里，见蚯蚓儿子还待在身旁，便骂道：“不想吃鱼啦？快回去叫你妈烧水准备炖鱼！”

寓意

老师问：“美国自由女神像手里有两样东西，一件是高举的火炬，一件是胸前的书。哪位同学能说出它们的寓意是什么？”

一学生答道：“停电了也要用功！”

为什么越狱

警察问："为什么越狱？"
答："我捡到一个桃子，以为上天暗示我逃。"
问："那为什么又被抓了？"
答："一时大意，没注意到那桃子是白色的！"

命令式

语文课上，老师说："现在每人造一个句子，然后改成命令式。"

小华说："牛拉车。"

老师说："请把它改成命令式。"

小胖举手说："吁——驾！"

不主动

他约她吃甜品、看电影，可是，始终不敢有进一步的动作，连好几次碰到她的手都没有牵。

天下着小雨，他们各自撑着伞在散步。她想，这个笨蛋怎么那么不主动？

于是在路过小桥时，她折起自己的伞扔到河水里。

他愣住了。

她笑着说：“你就这样让我一个人淋雨啊？”

他恍然大悟，把自己的伞也扔下去了……

印时刻表

火车站挤满了回家的旅客。一列又一列的火车不是晚点，就是被取消。

一位愤怒的旅客对车站职员说：“我不明白铁路公司干

吗要印时刻表！”

车站职员说：“我也不知道。不过，要是不印时刻表的话，你就无法说出火车究竟晚点多久了，对吗？”

香在哪里

爸爸：“给我造个句子，在这个句子里必须有个‘香’字。”

儿子：“爸爸在喝茶。”

爸爸：“‘香’在哪里？”

儿子：“在茶里！”

不公平

诗人："这世界太不公平了。"

朋友："您为什么要这样说？"

诗人："举个例子来说吧，如果有个银行家写了一首有问题的诗，人们都会以为这是件无所谓的事。可是，如果有个诗人写了一张有问题的支票，那可就不得了！"

我想留着

父亲："儿子，今天别上学了，昨晚你妈给你生了两个小弟弟。你给老师说一下就行了。"

儿子："我只说生了一个。另一个，我想留着下星期不想上学时再说。"

几种原因

课堂上，一个学生在看侦探小说，老师突然提问："池塘里的鱼类死亡，通常情况下有几种原因？"

这个学生回答："有两种，一是自杀，二是他杀。"

三千万

妇人向好友哭诉："老公死后只留下三千万给我……"

好友诧异："你该高兴才对啊！"

妇人解释："千万要照顾好小孩，千万要孝顺父母，千万不要改嫁。"

这是什么

年轻人前来应聘古玩店售货员。

老板随手捡起一小块木屑，问道：“这是什么？”

“乾隆皇帝用过的牙签。”

“好极了，你现在就开始工作吧！”

全部淘汰

一次，公司召开企业高管现场招聘会，进入最后一关，每人领有一张印有公司logo的考题，请说出公司图标象征何种含义：A.扇贝；B.思想。

收卷后，考官现场宣布：所有答扇贝的全部淘汰，还没正式当官就想着吃扇贝了，还得了！

那我是谁

小林是作家，经常接到读者的电话，遇到赞扬的就会称是自己本人，遇到批评的就说“我是小林他爸，他手机没带身上。”

一次他爸感冒声音嘶哑，打来电话也批评他近期文章。

小林说：“我是小林他爸。”

他爸纳闷：“你是他爸，那我是谁呀？”

凭什么踹我

蜗牛饿得不行了，敲老鼠的门讨吃的。

老鼠二话不说一脚把蜗牛踹飞了。

过了一年，老鼠又听到敲门声，一看，那只蜗牛气呼呼地说道：“你刚才凭什么踹我！”

美什么呀

无籽西瓜被研制成功后频繁参加各种庆功会、报告会，风光无限。

其他西瓜十分羡慕，其中一只西瓜酸酸地说：“美什么呀！都没下一代了！”

脑　袋

有个新兵分不清前后左右，军官见他这样笨，便对他说：“记住，凡事都要学会动脑袋，否则给你一个脑袋干什么？”

新兵立即答道：“为了戴帽子。”

走开，让我来

医院的树荫下，一对情侣在拥抱接吻。

一个医生看见了，过去对那男的说：“你真糊涂，施行人工呼吸，应该把她平放在地，走开，让我来。”

生前也爱吃

夜黑风高，一个妇女从殡仪馆门口上了出租车。司机拿出苹果刚想吃，妇女幽幽地说：“我生前也喜欢吃苹果。”

司机猛地僵住了。

“但生完小孩后就不喜欢吃了。”

请让让

发生交通意外，许多人围观，一名记者挤不进去，灵机一动：“我是伤者儿子，请让让！”

围观者果然让开一条路，那位记者过去一看，压死的是一只狗。

吹蜡烛

有一个人和一只老虎被分别绑在两棵大树上。绑老虎的绳子下面有一支蜡烛，就快把绳子烧断了。如果绳子被烧断，老虎就会把人吃掉。结果，人说：“Happy Birthday！”

老虎就把蜡烛吹灭了。

就你那个熊样

大黑熊将一个蜂窝放到水里，想把蜂窝里的小蜜蜂泡出来，然后吃蜂蜜。

谁知道蜂群出来后就追着大黑熊满街乱跑。

熊太太见状大骂：“就你那个熊样，还敢泡小蜜？”

想象力

几个朋友在筹办一家公司，正激烈争论公司该起什么名字。

“就叫‘想象力’吧。”有人提议。

大家想了一会儿，有人冷静地说：“你真的想在名片上印上‘想象力有限公司’吗？”

抱 怨

这天，一个邮递员向一个灯塔的管理员抱怨说，每次为了送张贺卡给他都得乘船往返！

管理员听了很不满意地说道：“你要是还再抱怨的话，我就要订阅日报啦！”

嚷什么

和朋友到泰山顶看日出，一个朋友指着天空说："我看见了！"

"我也看见了！"

这时远处有人提着裤子出来骂道："看见就看见呗！你们嚷什么啊！"

感觉挺好的

一个男人周五下午离开家去上班。当天是发薪日，因此他没有回家，整个周末都在外面狂欢，并花光了他的全部薪水。

周日晚上他终于回到家里，火冒三丈的妻子正等着他，连珠炮似的对他的所作所为骂了几个小时。最后，妻子停止了喋喋不休的唠叨，问他："要是你也连续三天看不到我作何感想？"

他回答："我倒感觉挺好的。"

周一过去了，他没看见妻子。

周二和周三也过去了，他还是没有看见他妻子。

到了周四，肿消了一些，他终于勉强能从左眼角看到妻子一点点了。

竟然文身啦

面包深度近视，一直找不到女朋友。好不容易新交了一女友——蛋糕。

这天面包来找蛋糕，月饼开门。

面包端详半天，大惊：几天不见，你竟然文身啦！

教训

中秋节，小鱼缠着妈妈要吃肉馅月饼。

鱼妈妈不耐烦地说：“吃什么吃，你姐姐的教训还不大吗？非要吃蚯蚓馅的月饼，怎么样？被渔夫钓上去了吧！”

快跑啊

那天晚上学校破天荒的停电了，全校都欢呼雀跃，老师示意同学们安静。等了15分钟，电还没有来，班主任说走读的可以回家了，同学们那个高兴啊。

就在大家走到楼梯口的时候，突然灯亮了，同学们都呆住了，只听到班长在后面大喊：“快跑啊！同学们快跑啊！”

别看了

一对鸭子到河边嬉戏，看到河岸洞穴里青蛙夫妇在冬眠。

公鸭说：“看，多幸福。”

母鸭对公鸭说：“别看了，那是大老板，住别墅，度蜜月。”

买本书

顾客："我想买本书，里面没有凶杀，却暗藏杀机；没有爱情，却爱恨难舍；没有侦探，却时时警惕。你能给我介绍一本吗？"

店员："《股市行情》。"

我也是一样

躺在手术台上的患者，看到手术前的各种准备，心里觉得非常不安，就说："大夫对不起，这是我初次动手术，所以很紧张。"

大夫拍拍他的肩膀，安慰道："我也是一样。"

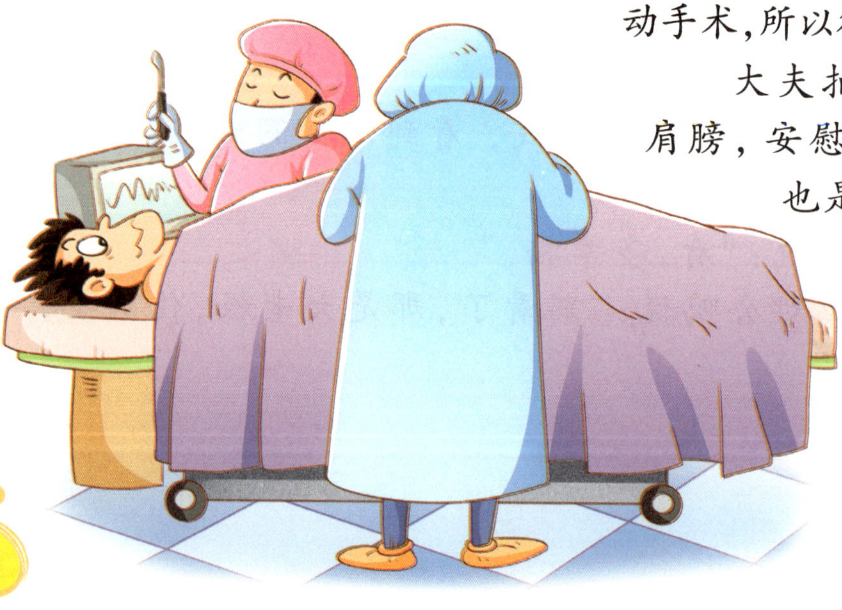

冰糖雪梨

一次语文考试：冰( )雪( )。正确的答案是“冰天雪地”。

儿子的答案是：冰糖雪梨。

不小心

小蛇很慌张地问大蛇哥哥：“哥哥，我们有没有毒？”

大蛇说：“你问这干吗？”

小蛇说：“我刚才不小心把自己舌头咬到了。”

北京时间准

乡镇企业老板出国考察，在机场看见墙上挂着许多钟，便想对一下表。只见：北京9:00，巴黎1:00，东京10:00，纽约20:00……

他不禁说道：“这么多钟，还是北京时间准！”

实现愿望

A、B、C在丛林探险，结果全被吃人部落抓去了。

部落酋长说：“我今天心情好，不吃你们，但你们都得挨一百板子。不过，在挨板子前你们可以有一个愿望实现。”

先挨板子的是A。他说：“挨板子前，先给我屁股垫上一个坐垫。”

垫罢，板子雨点般落下；先前70板还凑合，70板之后坐垫被打烂。打完，A摸着屁股走了。B见状后，要求垫10个床垫。

打完，B起身，拍拍屁股，没事；然后对自己的模仿能力和再创造能力吹嘘一番，并想看C的好戏。

C慢慢趴下，优哉游哉地说：“来，把B给我垫上。”

又不是母鸡

母亲再一次叫儿子起床：“小明，好孩子，该起来了。你听，公鸡都叫了好几遍了。”

“公鸡叫与我有什么关系？我又不是母鸡。”

说明原因

按照新学校的要求，转校学生必须填写“转学自评表”。

在“是否曾经因考试作弊受到处分”一栏，亮亮填了一个字“否”。

下面一栏是“说明原因”，亮亮继续写道：“未曾失手。”

不打自招

一个抢劫犯在纽约法庭受审，法官问他能否说英语，他说只会一点。

法官又问：“你能用英语说什么？”

“把你的钱交出来。”

及时行乐

飞机上，空姐发饮料。一个哥们儿要了一杯橙汁、一杯咖啡、一杯可乐、一杯雪碧、一杯白开水，在小桌板上一字排开，然后边喝边喃喃道：“人生苦短，及时行乐。”

微型家长座谈会

儿子：“爸爸，星期五下午您有空吗？”
爸爸：“什么事啊？”
儿子：“学校要开微型家长座谈会！”
爸爸：“什么叫微型家长座谈会？”
儿子：“就是只有班主任、你和我参加！”

小良

有一天一个女犯被抓到警局，警察看见她的手上有刺青，就问她：“你干吗把你男朋友的名字刺在手上？他叫小良是不是？”

只见那个女犯抬起头，带着愤怒的眼

神，对警察说："这是'恨'！"

你姓啥

问：你姓啥？

答：我姓魏。

问：魏什么啊？

答：不为什么，我爸姓魏我就姓魏。

一百个小面包

小白兔蹦蹦跳跳来到面包房，问："老板，你们有没有一百个小面包啊？"

"啊，真抱歉，没有那么多。"老板说。

"这样啊……"小白兔垂头丧气地走了。

第二天，小白兔蹦蹦跳跳又来到面包房，问："老板，有没有一百个小面包啊？"

老板："对不起，还是没有啊。"

“这样啊……”小白兔又垂头丧气地走了。

第三天，小白兔蹦蹦跳跳又来到面包房，问：“老板，有没有一百个小面包啊？”

老板高兴地说：“有了，有了，今天我们有一百个小面包了！”

小白兔掏出钱，说：“太好了，我买两个！”

绕着过

男友和女友去看新买的房。

一开门，老鼠从眼前跑过。男友迅速关上门，拿起东西追打，就在老鼠快要被打得没气时，男友将其放走。

女友抱怨没打死它，男友说：“我这是让它回去给其他同类捎个口信，咱们这家人不好惹，以后绕着过！”

谁喜欢音乐

“谁喜欢音乐，向前走三步！”班长发出命令。

六名士兵走了出来。

“很好，现在请你们把这架钢琴抬到三楼会议厅去。”

胡萝卜当鱼饵

第一天，小白兔去河边钓鱼，什么也没钓到，回家了。

第二天，小白兔又去河边钓鱼，还是什么也没钓到，回家了。

第三天，小白兔刚到河边，一条大鱼从河里跳出来，冲着小白兔大叫：“你要是再敢用胡萝卜当鱼饵，我就扁死你！”

给妈妈点首歌

一个小女孩打电话到电台想给妈妈点首歌。

主持人问："为什么要给妈妈点歌？"

小女孩说："妈妈每天上班都很辛苦，礼拜天还不能好好休息，要找各种练习本给我。"

主持人很感动，说她很懂事，是妈妈的好孩子。问她要点什么歌。

小女孩说："《女人何苦为难女人》。"

还有光棍

小学时，正逢上自然课，老师讲到"杠杆原理"，正在启发大家"除了铁棍、木棍，还有什么杠杆？"

七嘴八舌中突然夹杂一声："还有光棍！"

有胡萝卜吗

一只小黑兔来到这家商店问老板:"老板,有胡萝卜吗?"

老板生气地摇摇头:"没有。"

小黑兔听完就"嗖"地跑了。

第二天小黑兔又来到这家商店问:"老板,有胡萝卜吗?"

老板非常生气:"没有没有!再问我就用钳子把你的牙齿拔掉!"

小黑兔听完又"嗖"地跑了。

第三天小黑兔又来到这家商店,怯生生地问:"老板,有钳子吗?"

老板生气地说:"没有。"

小黑兔于是问:"有胡萝卜吗?"

老板愤怒了,捉住小黑兔,拿出一把小锤子……

第四天小黑兔又来到这家商店,含糊不清地问:"老板,有胡萝卜汁吗?"

我也买得起

闺蜜收到了999朵玫瑰，我好生羡慕，就跟男友讲。男友安慰我说："放心吧，我也买得起，不就是花儿吗！"

晚上男友买了十桶爆米花，并跟我说："爆米花也是花，而且只要火候掌握得好，花开得更灿烂，你数数，这10桶爆米花绝对不少于999朵。"

等我长大

儿子两周岁了,看到别的小朋友骑自行车特羡慕!
"爸爸我也要骑车车!"
"等你长大了就给你买!"
回到家,上厕所后突然发现没手纸了。
"宝贝,给爸爸拿卷手纸来。"
"等我长大了就给你拿!"

采水果

有一天，老师带一群小朋友到山上采水果，她宣布说："小朋友，采完水果后，我们统一洗，洗完可以一起吃。"

所有小朋友都跑去采水果了。

集合时间一到，所有小朋友都集合了。

老师："小华，你采到什么了？"

小华："我在洗苹果，因为我采到苹果。"

老师："小美你呢？"

小美："我在洗番茄，因为我采到番茄。"

老师："小朋友都很棒哦！那阿明你呢？"

阿明："我在洗布鞋，因为我踩到大便。"

也不说一声

农民赶驴进城，遇到个无赖。

无赖问："吃饭没有？"

农民说："吃了。"

无赖却说："我问的是驴。"

农民一听，转身对驴就是两耳光，说："叫你不老实，城里有亲戚也不说一声。"

蜗牛弟弟

蜗牛妈妈出远门，把自己的孩子们交给乌龟妈妈照看，乌龟妈妈让蜗牛宝宝跟自己的孩子一起玩。

不几日，蜗牛妈妈回来接宝宝们，见到小乌龟们在玩耍，就过去问："孩子们，你们的弟弟们怎么样啊？"

"好！吃！"小乌龟们齐声回答。

诊费太贵

心理医生："我最近过于急躁，精神过于紧张，得找个心理医生看看。"

朋友："可是，你不是同行里最出色的医生吗？"

心理医生："我知道，可是我的诊费太贵。"

怎么还的

法官："你犯了什么罪？"

犯人："我挪用200万公款，但是我还给国家了。一分都没有拿。"

法官："怎么还的？"

犯人："买彩票。"

长成大人

"爸爸，我能长成大人吗？"

"再过10年。"

"那时，我就不用什么事都先问妈妈，想干什么就干什么了吧？"

"儿子，连爸爸都还没长大到那份儿上哪。"

言而无信

老师:“现代人爱通过网络联系,而不爱提笔写信。这种现象该叫什么?”

一学生答道:“言而无信。”

累了吗

医院为防止病人出逃,设置了100道墙,两个精神病患者仍欲逃出医院。夜晚,他们努力翻墙,至第10道墙下。

“累了吗?”

“不累。”

于是二人继续向外翻。

至第60道墙下。

“你累了吗?”

“不累。”

于是二人继续向外翻。

至第99道墙下。

“你累了吗?”

“累了。”

“那我们回去吧。”

“好啊，我们翻回去吧。”

延长了时间

“老师，真对不起，我又迟到了。这是因为我梦到了一场足球赛。”

“这和迟到又有什么关系呢？请你解释一下。”

“老师，您不知道，我梦见的足球赛进行得异常激烈，他们两局不分胜负，又延长了时间。”

构 成

“简单评价一下你的学校？”

“美妙。”

“好羡慕喔！”

“你仔细看看‘妙’是什么构成的？”

礼 物

七夕，女友一早就吵着要礼物：“人家想要跑车。我听说兰博基尼油门可爽了，从0飙到100只要3秒！”

男朋友摇头。

“那法拉利也行！启动到100只要5秒！”

男朋友笑着说：“你说的这些都太次。要买我就给你买最好的，买从0飙到100最快的！”

后来男朋友说到做到，送了她一个体重秤。

我是她妈妈

公园内，长椅上，两个陌生人对话。

甲对乙说：“你看那小孩，长得不男不女的，你说他到底是男孩还是女孩？”

乙听后，不爽地答道：“是女孩！她是我的女儿！”

甲很尴尬，略带歉意地说：“哦……真对不起，我不知道你是她的爸爸！”

乙愤怒地吼道：“不！我是她妈妈！”

省电

女儿喜欢夜里躺着看书，她每隔五分钟就关一次灯，两秒后重新打开。妈妈觉得很奇怪，问为什么。

女儿说："省电，翻书时不用开灯。"

这么健康

儿子不好好吃饭，于是爸爸就告诉儿子，他小时候家里的条件不好，菜里都没什么油，没有大鱼就连肉丝也很少看到的。

儿子惊讶地说："爸爸，原来你小时候吃得这么健康啊！"

住哪里

刚买了房子，兴奋中给一哥们儿打电话：“我买房啦，不过就一毛房，还得装修。”

哥们儿说：“就只有一厕所吗？那你住哪里啊？”

更爱媒人

一次，哥们儿单位的一个老太太给他介绍了个姑娘，见完面第二天，哥们儿兴高采烈地哼着歌去上班：“爱江山更爱美人……”

大家听了大惊失色，都互相询问他怎么会更爱媒人。

苹 果

女友在一旁看小说。看着看着对我说："书里老爱用红苹果来形容少女的脸，你看我的脸像不像？"

男友说："像，不过是一只坏苹果。"

只要你肯

今天，看着老板开着崭新的宝马徐徐在大楼前停下，我不禁露出了艳羡的目光。

老板似乎察觉了我的眼神，便对我说："只要你肯好好努力、发奋工作，到了明年，我就能开上一辆更好的车啦。"

寻狗启事

在一棵树上看到有人张贴了一张寻狗启事:"这是一张我们走丢了的狗狗的照片,看见它,请给我们来电!"

于是我打电话过去说:"我看见你们走丢了的狗狗的照片了!"

落后就要挨打

考试结束了，小刚考了全班倒数第一，被爸爸打了一顿。

回到学校后，老师让小刚谈一谈成绩落后的体会，小刚噘着嘴说："我现在明白了，落后就要挨打。"

成 语

语文老师说："请在'不知'前后各加一个字组成成语。"

同学大声说："恬不知耻。"

老师说："很好，还有什么呢？"

这时后排一个声音传来："我不知道！"

干吗要化妆

女同学请男同学载她一程，结果发现男同学骑的那辆单车又破又烂，就损了一句："这破车还上锁！"

男同学瞪大眼睛看着女同学说："那你干吗要化妆？"

腰包突出

甲问乙："瞧瞧你，长相不突出，才华不突出，为何还有那么多异性为你痴狂啊？"

乙拍拍腰包，自豪地说："我腰包突出。"

有问题就问我

课堂上，小A跟同桌女生说话。
老师看见后生气地问："你在干什么？"
小A说："问她问题。"
老师依然生气："有问题就问我！"
小A说："好吧，您周末可以跟我约会吗？"

开慢一点

老伯买了慢车的票，却上了快车，车长说："阿伯，您买的是慢车的票，这是快车，请您……"

老伯说："那就请司机开慢一点嘛！反正我又不赶时间！"

从基层干起

甲："我可以算是从基层干起一直爬到顶峰的人。"
乙："真了不起，你是干什么的呢？"
甲："以前是擦皮鞋的，现在是理发师。"

见 鬼

妻子给丈夫拿来了早餐和报纸，两人都没说话。

三个小时后，丈夫依然坐在桌子旁边读着报纸。

妻子忍不住说道："亲爱的，你不去办公室吗？"

丈夫惊叫着跳起来："见鬼！我以为我正在班上呢！"

没关系

4岁的儿子伏在桌上写着什么。

爸爸问："你在干啥？"

儿子说："我给奶奶写封信。"

爸爸又问："你不是还不会写字吗？"

儿子说："没关系，反正奶奶也不识字。"

开玩笑

女："我们分手吧。"

男："为什么？"

女："考试考完了，不用你在图书馆抢位置了。"

男："哦，可是我有两张春运的火车票。"

女："讨厌，其实人家和你开玩笑。"

看清楚再说

媳妇正在医院生孩子，丈夫焦急地在产房外等候。

突然，听到了孩子的哭声，丈夫兴奋地冲了进去！

丈夫看到孩子后，兴奋大喊：“是儿子！咱生了个儿子！”

大夫在一旁说：“看清楚再说，那是脐带！”

造句

老师：“用‘一……就……’造几个句子给我听。”

甲同学：“天气一变冷我就加衣服。”

乙同学：“甲一加衣服我就知道天气变冷了。”

丙同学：“天气一变冷甲就加衣服。”

买书

男士："《幸福的婚姻生活》在哪里？"
店员："该书属于幻想类小说，在第一排。"
男士："《夫妻相处之道》呢？"
店员："该书属于武打类小说，在第二排。"
男士："《理财、购房要义》呢？"
店员："那是妄想综合征，属精神病类，在第八排。"
男士："《男人应该是一家之主》呢？"
店员："这里不卖童话书！"

有扑克

一位北方朋友在成都第一次去吃四川火锅。由于吃惯了北方的小料，吃不惯四川火锅，他叫来服务员，问：“有麻酱吗？”

服务员答：“没有，但是有扑克，可以吗？”

猫知道吗

有一个精神病人总以为自己是老鼠，在医生的治疗下终于康复了。出院的那一天，医生把他送到了门口，忽然迎面跑来了一只猫，他被吓得面惊失色。

医生们很奇怪地问他：“你已经不是老鼠了，为什么还怕猫？”

他说：“我知道自己不是老鼠了，可是猫知道吗？”

多骗点奶油

弟弟让甲帮他订个蛋糕，说是朋友过生日，要求蛋糕上面写上：“诸葛藏藏生日快乐！”

我问：“这诸葛藏藏是谁啊？”

他说：“谁也不是，就是为了多骗点奶油！”

取名字

一对夫妻，男的姓牛，女的姓马。

结婚不久生了一个可爱的男孩，小两口为了孩子的姓名争论不休，男女双方各自坚持要用自己的姓为孩子起名。

经过马拉松式谈判，小两口最终互相妥协，双方一致同意将自己的姓氏加在一起取名：牛马。

我是打卡机

某女被家长命令去和一个男网友相亲。

之后，这男的每天早上发消息："我上班了。"傍晚发消息："我下班了。"从不多说一句。

这天，此女愤怒地回短信说："当我是打卡机啊！"

真是养人

一个老农难得进城闲逛，在小饭馆酒足饭饱之后，他来到了一家商店的哈哈镜前，无意中看见哈哈镜里自己又矮又胖的模样，大叫道："城里的大馒头真是养人，我刚刚吃了馒头肚子就立刻变得又大又圆了！"

瞄一下

老师上课的时候弄了个突击测验,小明没有准备好,就跟坐在前面的小刚说:“考试的时候踢一下你的椅子,你就给我瞄一下好吗?”

小刚答应了。

考试了,小明踢了一下小刚的椅子,小刚没反应。

过了一会儿,小明又踢了一下,小刚还是没反应。

小明火了,狠狠踹了三脚。

这时候,只听见小刚很大声地发出三个声音:“喵喵喵!”

纯属意外

一只蜗牛得了某届动物界运动会的长跑冠军，众动物记者抱着探秘的心理询问原因时，蜗牛说道："当时我只是躺在第二名的猎豹身上睡觉，没想到它在冲刺的时候先将我甩到冲刺线外，真是纯属意外。"

折旧费

某男与某女恋爱三年，性格不合要分手。

男方说："我们和平分手吧，以后大家还是朋友。"

女方说："好啊，你先付我折旧费。"

过关

小华："我的英语口语终于过关了！"
妈妈："太棒了！"
小华："以前老师说我沉默寡言。"
妈妈："现在呢？"
小华："胡言乱语！"

求职

面试官："说一下自己的姓名年龄。"

悟空："姓孙名悟空，昵称行者，也称大圣；大概有一千岁吧。"

面试官："名字太多，年龄太大，回家吧！"

用词恰当

带着8岁的侄子去卖苦瓜，摆好摊位，生意不好。侄子突然学旁边卖西瓜的大爷嚎了一嗓子："卖瓜啦，卖瓜啦，不甜不要钱。"

白玫瑰

某人刺了一朵白玫瑰在身上，后来她变得特别胖，图案也给撑大了。有一天她的朋友终于忍不住问："你为什么要在身上刺棵大白菜？"

怎么定

一家公司招聘女秘书，请一位心理学家做参谋。题目是：“2加2等于几？”

第一个答等于4；第二个答等于22；第三个答等于4或者等于22。

心理学家说：“第一个女子实际但保守；第二个好空想；第三个是最合适的。”

然后问总经理怎么定。

总经理想了一会儿说：“还是那个穿紧身衣的好。”

为了健康

一男人因身体不适到医院求诊。

“为了健康，我不得不让你选择。”医生问，“女人和美酒，你愿意放弃哪一样？”

“大夫，那要先看看他们是什么年份的。”

你赢了

两个念小学的同班同学，也是住在隔壁的邻居。

一天他们争论着一件事情，其中一个说：“我爸爸比你爸爸好，他现在当经理，你爸爸呢？”

“当经理有什么好的？”

“我哥哥也比你哥哥好，他现在已经上高中了，你哥哥没有。”

“上高中有什么好的？”

“还有我妈妈也比你妈妈好。”

经过片刻的沉默，另外的那个学生说道：“你赢了，我爸爸也是这么说的！”

谁说了算

妻管严的丈夫终于忍无可忍："我们家到底谁说了算？"他大吼一声。

妻子平静地说："我，怎么啦？"

"噢，没事，我只不过随便问问。"丈夫诺诺。

连载小说

病人："大夫，你给我说实话，我是不是活不了几天了？"

医生："谁说的？你不要胡思乱想。"

病人："你别骗我，我都知道了，昨天主治医生来查房的时候，我在看报纸，他莫名其妙地对我说：'哟，还在看连载小说啊！'"

时间到了

医生："喂！快醒醒！"

病人："什么事？"

医生："时间到了，该服安眠药了。"

病人："啊，我差点忘了！"

有雾当心

一司机大雾天晚上迷了路，隐约见路边一路标，可雾太大看不清写的什么，于是决定爬到上面去看。好不容易爬到顶上，终于看清了上面的字："有雾当心。"

我试过

一个拳击运动员对医生说："我失眠了，有什么办法能治？"

医生："你在睡前数数，从1数到99就行了。"

运动员："这办法我试过，但每当数到9我就会从床上跳起来。"

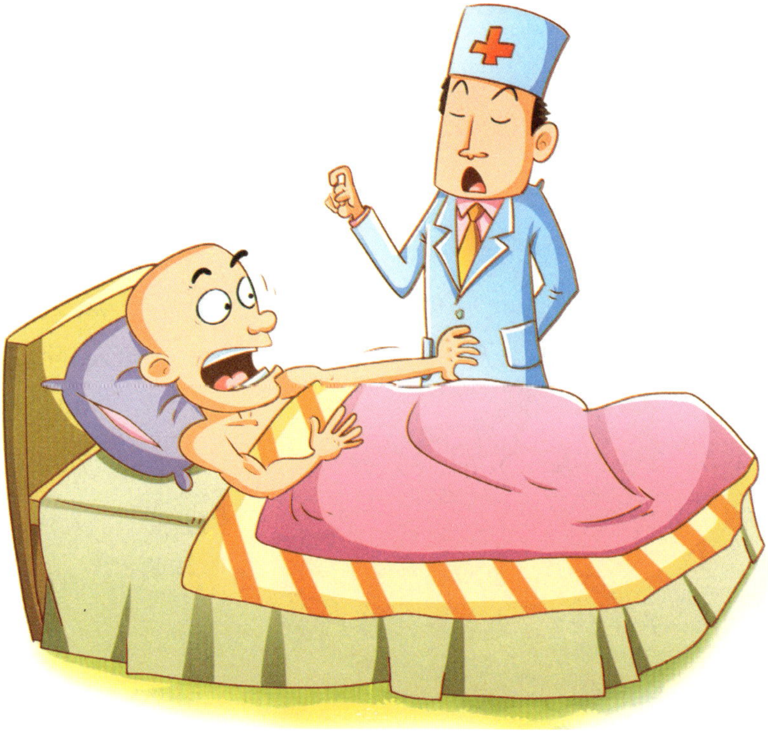

一般人看不懂

青年问大师："为什么我老婆那么善变？"

大师不语，拿出一本佛经给他看。

青年大悟："您是说女人好比经书，要用心去感悟？"

大师摇头："一般人看不懂啊……"

关上计价器

一商人乘出租车外出，汽车在盘山公路上突然打滑。

司机吓得大叫："刹车不灵，我该怎么办？"

商人冲他大喊："快关上计价器，你这个笨蛋！"

你怎么知道

晚饭后，母亲和女儿一块儿洗碗盘，父亲和儿子在客厅看电视。

突然，厨房里传来打破盘子的响声，然后一片沉寂。

儿子望着他父亲，说道："一定是妈妈打破的。"

"你怎么知道？"

"她没有骂人。"

不耐烦

在故宫博物院中，有一个太太不耐烦地对她先生说："我说你为什么走得这么慢。原来你一直在看这些文物，你当然觉得它们比我好看。"

只是要让你知道

妻子正在厨房炒菜。丈夫在她旁边一直唠叨个不停：“慢些。小心！火太大了。赶快把鱼翻过来！快铲起来，油放太多了！把豆腐整平一下！”

妻子脱口而出：“我懂得怎样炒菜！”

“你当然懂，太太。”丈夫平静地答道：“我只是要让你知道，我在开车时，你在旁边喋喋不休，我的感觉如何。”

我必须追上

一辆载满乘客的公共汽车沿着下坡路快速前进着，有一个人在后面紧紧地追赶着这辆车子。乘客从车窗中伸出头来对追车子的人说：“老兄！算啦，你追不上的！”

“我必须追上它，”这人气喘吁吁地说，“我是这辆车的司机！”

当然啦

小男孩问爸爸："是不是做父亲的总比做儿子的知道得多？"

爸爸回答："当然啦！"

小男孩问："电灯是谁发明的？"

爸爸："是爱迪生。"

小男孩又问："那爱迪生的爸爸怎么没有发明电灯？"

故障在哪里

一个牧师、一个律师还有一个工程师将被同时送上断头台。

牧师第一个上断头台，开始执行，可是刀没有落下来，他解释说，这是神的保佑，所以他被释放了。

律师第二个，奇怪的是，刀也没有落下来。他解释说，法律上规定，一个人不能因为同一罪状被判两次死刑，所以他也被释放了。

第三个是工程师，当他的头被按在那里的时候，他抬头看了看刀架，然后喊道："等一等，我知道故障在哪里了。"

划拳

海龟酒量高，某天喝醉了，朋友问："你怎么还会喝醉？"

海龟答："唉，章鱼非要和我划拳，它那么多手，看都看不过来，真是输惨了！"

刚刚才吃过

一个中秋节的夜晚，妻子坐在阳台上赏月。老王抓住这一浪漫时机，轻轻抚摸着妻子说："亲爱的，这轮明月让你想起了什么？"

妻子转过身，惊讶地说："老王，你不是刚刚才吃过月饼吗？"

您结婚了吗

在一个风雪交加的夜晚，面包店的老板正准备关门。这时一个男人跑过来，说他要买两个甜卷。老板感到十分惊异："这种天气里居然还有人为了两个甜卷跑出来一趟。"

"您结婚了吗？"老板问。

"当然。"男人愤怒地说，"你认为，我妈妈能在这种天气里把我赶出来吗？"

意外情况

一位年轻美丽的女子坐在酒吧里。

“对不起，我能为您买一杯饮料吗？”一位青年男子走过来问道。

“到汽车旅馆去？”她大声道。

“不，不，不，您弄错了，我只想给您买一杯饮料。”

“现在就去？”她的声音更大了，比刚才更激动了。青年男子彻底被她弄糊涂了，红着脸退缩到一边。每个人都用轻视的眼光看着他。

一会儿，女子走到他面前说：“对不起，我是学心理学的学生，正在研究人对意外情况的反应。让你为难了。”

青年男子看了看她，大声说：“什么？要二百美元吗？”

最好别买

在候车室里，一个中年男子很想和他身边坐着的美女说话。他见少女穿着一双肉色丝袜，笑着问道："请问你这双袜子是从哪儿买的？我想给我的妻子买一双。"

少女冷冷地看了这个男人一眼，说："我劝你最好别买，穿这种袜子，会有不三不四的人借口跟你妻子搭话的。"

好消息

儿子："爸爸，告诉您一个好消息。"

爸爸："什么好消息？"

儿子："您不是答应过我，如果这次考试能及格的话，奖励我100块钱吗？"

爸爸："嗯，有这么回事儿。"

儿子："这100块钱我给您省下啦！"

双胞胎

小明隔壁住了一对双胞胎姐妹。

有一次，双胞胎中的妹妹要求小明用他家那些漂亮的子弹壳给她做一艘航空母舰模型。小明欣然接受使命，整整花了三个月，用完所有的子弹壳，终于做成了一艘壮观的航空母舰模型。完工当天，小明就急切地把这个模型献给邻家那个女孩，女孩果然爱不释手，只见她一边摸着模型一边感叹："这是我见过的最漂亮的航空母舰了，我决定收下，麻烦你

给我姐姐再做一个吧。”

西班牙

一个时髦女郎来到牙科门诊要求镶牙。

医生问：“镶中切牙还是大门牙？”

女郎高傲地说：“我听人家说西班牙不错，就给我镶一颗西班牙吧。”

住院经验

两个病人在谈论自己的住院经验。

其中一个问：“你是外科病还是内科病？”

“我不知道。”

“我的意思是你来这里之前不舒服，还是到这里后他们使你不舒服的。”

不用张那么大

医生对病人："你的嘴不用张那么大。"

"可您不是说想看一看我的嗓子吗？"

"是的，但我只是在外面看。"

黑帽子

一个近视的人在大街上走着，突然刮起了一阵大风，吹走了他头上戴着的一顶黑帽子，他立即追了上去。这时，一名妇女对他喊道："喂，先生，干什么呢你？"

"我在追我的帽子！"他气喘吁吁地回答。

"你追的是我家的黑母鸡呀！"

浪　费

载着世界各国乘客的火车上，一个俄国人拿出一瓶伏特加酒，只喝了几口就把整瓶酒扔到窗外。

古巴人问："怎么这么浪费呀？"

俄国人不屑道："我们俄国有的是伏特加酒！"

古巴人听了赶紧把抽了几口的雪茄扔到了窗外。

美国人问："你怎么这么浪费呀？"

古巴人也不屑道："我们古巴有的是雪茄！"

美国人听了很潇洒地把律师扔到了窗外。

真奇怪

有一次，小刚非常殷勤地送牛奶给表妹喝，可是，表妹却不喝，还睁大眼睛瞪了他好一阵。

她说："真奇怪，我喝我妈妈的奶，所以我长得像我妈妈。可是，你总是喝牛的奶，怎么像你妈妈呀？"

谢　谢

有一天放学后，女生偷偷地塞给小新一盒巧克力和一袋大白兔奶糖，外加一张小纸条。小新欣喜若狂，一路狂奔到家，他先拆开巧克力和大白兔，香甜地吃，以平息自己激动的心情。吃完，他小心翼翼地打开纸条，只见上面写着："请帮我把巧克力和糖退还给班长，谢谢！"

为何不把他干掉

长官："情况怎么样？"

士兵："对方有个弓箭手，不过命中率很烂，射了好多次都没有射到人。"

长官："为何不把他干掉？"

士兵："难道你要让他们换一个命中率比较高的吗？"

哪里不舒服

有位患者到医院求诊，医生问："你哪里不舒服？"

患者答："我昨晚做了个梦，梦见有一头牛在吃草。"

医生便说："你放心，这很正常，梦境和现实是不一样的。"

只见那位患者很紧张地说："可是……可是我起床时发现我床上的草席不见了一半……"

一次只限一人

胖女士说："我最讨厌自动报体重的电子秤！"

旁人问："为什么？它会大声报出你的体重？"

胖女士愤怒地说："不！它每次都大叫一次只限一人！"

狗不懂

某人被狗咬伤，忙去医院打疫苗。

医生正准备下班："看看几点了，不知道应该上班时候来吗？"

那人说："我是知道的，可是狗不懂啊！"

省更多

甲："你怎么搞得精疲力竭的？"

乙："我跟在公车的后面跑回家，省了两元钱。"

甲："你怎么不跟在计程车后面跑呢？这样的话不是可以省更多？"

你也喝点

两车相撞，甲看看车没事，说先喝点酒压压惊吧。

乙喝完说："你也喝点？"

甲说："谢谢，我等交警调查完后再喝。"

感兴趣

动物园里，一位女士问饲养员："那头河马是公的还是母的？"

饲养员说："太太，我认为除了另一头河马外，任何人都不会对这个问题感兴趣。"

洗澡

天下大雨，精神病人都在雨中兴高采烈地洗澡，只有一个病人站在一旁笑。

医生以为他痊愈了，谁知他悄悄地对医生说："让这帮傻子先洗吧！我等水热了再洗！"

不用翻译

厂长在和外商谈判时，外商鼻子发痒，打了一个喷嚏。恰巧身边的翻译也鼻子痒，跟着也打了个。厂长不高兴地说：“这不用翻译，我听得懂！”

打点滴

老李去看医生，医生诊断后，只在处方上画了一个大大的“！”。

老李很不安心地想：“怎么医生打了惊叹号，难道得了很重的病？”便请教护士。护士笑笑答道：“没什么，打点滴。”

选　择

妻子准备了晚饭，对丈夫说："亲爱的，今晚的菜你可以选择。"

"都哪些菜呢？"

"芦笋。"

"有什么选择的呢？"

"吃还是不吃。"

就两样不会

猪去参加招聘会，老板问他都会啥。

猪："啥都会，就两样不会。"

老板："这么牛啊，你都啥不会啊？"

猪："我这也不会，那也不会！"

清　场

小芳和男朋友在小树林约会时，听到男朋友用难听的嗓子在唱歌。

小芳：“你这么一唱，把树林里其他人都吓跑了！”

男朋友：“要的就是这个效果，不然怎么清场。”

让　座

孩子：“妈妈，今天在公交车上爸爸叫我给一位太太让座。”

妈妈：“你应该这么做呀。”

孩子：“可我当时坐在爸爸怀里。”

埋怨

汽车和飞机谈恋爱，没多久就吹了，埋怨道：“每次约会都晚点，不守信用！”

汽车和火车谈恋爱，没多久又吹了，埋怨道：“每天都担心他出轨，累死了！”

恰恰相反

杰克：“汤姆，你算术得了两分，这下你爸爸可要好好收拾你一顿了吧？”

汤姆：“收拾我？恰恰相反，我要回去教训他！全都是他做的！”

等会儿告诉你

两口子打得正热闹，警察接到投诉过来制止。
一个暴怒的女人开门。
警察问："户主是谁？"
女人说："等会儿告诉你，我正和丈夫决定这件事！"

自己告诉我的

清晨，妻子跟丈夫说：“该死的，你昨晚又喝醉了！”

丈夫：“谁告诉你的呀？”

妻子：“昨晚你自己告诉我的。”

丈夫：“嗨，喝醉了的人说的话你也信。”

看谁敢不娶

一女孩向她妈妈提出要学习柔道，妈妈好心劝导说：“女孩子应该文静点，学了柔道，感觉凶神恶煞似的，看以后谁敢娶？”

女孩大义凛然地回答：“学了柔道，看谁敢不娶！”

新鲜

记得上小学二年级的时候，语文课本里有篇文章写“大熊猫爱吃新鲜的竹叶”，而有一道练习题里要求用“新鲜”这个词造句。”

有个同学造的句子是：妈妈爱吃新鲜的竹叶。

跟惯了

“你家的狗怎么走起路来总是七歪八扭的？”

“可怜的小东西，我丈夫从酒店里回家的时候，它总是跟着，跟惯了。”

真的减下来了

胖子想减肥，医生建议他每天跑8公里，跑300天就能减34公斤。

300天后，胖子打电话说："医生我真的减下来了，但我离家有2400公里了。"

分手

阿呆和女友闹分手。

他问女友："你说咱们的关系还有得救吗？"

女友回答说："是电话上的一个键！"

阿呆问："是重拨吗？"

女友答："不，是免提！"

他是谁呀

某男士沉默寡言，和某女婚后有一女。

女儿长到十岁，终于按捺不住好奇心，问道："妈妈，这人每天和咱们一起吃饭，他是谁呀？"

太客气

甲："昨天你骑马骑得怎样？"

乙："不太坏。问题是我那匹马太客气了。"

甲："太客气了？"

乙："是呀。当骑到一道篱笆时，它让我先过去了！"

有歹徒

某机长拿着一把斧头跑向驾驶舱，乘客见状上前说："机长，是不是有歹徒？"

机长说："是我不小心把自己反锁在驾驶舱外面了。"

最后的机会

年老富有的丈夫："我要把我的飞行员辞掉，他开的飞机差点要了我的命。"

年轻而不耐烦的妻子："亲爱的！我求你再给他一次最后的机会！"

名字划掉

某日游泳课上。

老师说："谁不下水，我就在点名簿上把他名字划掉。"

一位学生说："只怕我这一下水，我家的户口簿就要把我的名字划掉了。"

交配成功

鸟类学家走进专利注册处，兴奋地表示："我已把信鸽和啄木鸟交配成功。"

他继续解释："以后产出的混种鸟不但能带信，而且到达时还会敲门！"

忘记

交警看到一司机在吃力地推汽车，就问："是不是没汽油了？"

"哦，不是这样的，只是因为刚才我发现忘记带驾驶执照了。"

铁 证

甲："你可知道，人类先有男人还是先有女人？"

乙："先有男人。"

甲："根据什么？"

乙："这都不知道，我们的男人称先生，不就是一个铁证吗？"

家 常

当年老王曾经营过一个小规模的咖啡厅。不仅卖咖啡，还卖各种干果。

老王讲他遇见了一个客人，要点一碟瓜子，就问："要家常的呗？"

那客人静默了3秒，问："加长的瓜子有多长？"

老婆决定

某君一次侃侃而谈夫妻相处之道，他说："夫妻相处，若要和谐美满，就应大事由老公做主，小事由老婆做主。至于什么是大事小事之分，则由老婆决定！"

安 慰

教练安慰打输的拳击手："第三回合你也把他吓得够呛！"

"真的？"

"真的，他以为把你打死了。"

外 行

顾客："这电视机修理后，画面怎么总摇晃？"

修理人员："那你就外行了，那是在地震时拍的片子。"